KB169710

니모나

NIMONA

니모나

NIMONA

노엘 스티븐슨 지음 | 원지인 옮김

노엘 스티븐슨 Noelle Stevenson 1991년 미국 사우스캐롤라이나주 컬럼비아에서 태어나 메릴랜드 주립 미술대에서 일러스트를 전공했다. 대학 시절 온라인상에서 연재한 『니모나』가 큰 호응을 얻고 책으로 출간되면서 본격적인 커리어를 쌓기 시작했다. BOOM! 스튜디오, 마블 코믹스, DC 코믹스에서 그래픽노블을 작업했고, 특유의 사랑스럽고 유머러스한 스타일로 많은 사랑을 받으며 현재 넷플릭스에 방영 중인 애니메이션 〈우주의 전사 쉬라〉의 감독을 맡고 있다. 그래픽노블 『럼버제인스』 시리즈로 아이스너 상, 하비 상, GLAAD 미디어 상을 수상했고, 『니모나』로 아이스너 상과 카투니스트 스튜디오 상을 받았으며 애니메이션 영화화를 앞두고 있다. 홈페이지: www.gingerhaze.tumblr.com

원지인 홍익대학교에서 영어영문학을 공부한 뒤, 번역문학가로 활동하고 있다. 논픽션 『위대한 발명의 실수투성이 역사』, 『우리 밖의 난민, 우리 곁의 난민』, 『언니들은 대담했다』, 그래픽노블 『고스트』, 『스마일』, 『오, 마이 캐릭터』, 『아냐의 유령』, 『존 블레이크의 모험』, 『라이카』, 『니모나』 등을 번역했다.

니모나 NIMONA

발행일 초판 1쇄 2020년 9월 30일
지은이 노엘 스티븐슨 | **옮긴이** 원지인
펴낸이 신형건 | **펴낸곳** (주)푸른책들·**임프린트** 에프 | **등록** 제321-2008-00155호
주소 서울특별시 서초구 양재천로7길 16 푸른빌딩 (우)06754
전화 02-581-0334~5 | **팩스** 02-582-0648
이메일 prooni@prooni.com | **홈페이지** www.prooni.com
인스타그램 @proonibook | **블로그** blog.naver.com/proonibook
ISBN 978-89-6170-779-4 03840

NIMONA by Noelle Stevenson
Copyright © 2015 by Noelle Stevenson
All rights reserved.
This Korean edition was published by Prooni Books, Inc. in 2020 by arrangement with Noelle Stevenson Inc.
c/o InkWell Management, LLC through KCC(Korea Copyright Center Inc.), Seoul.
이 책은 (주)한국저작권센터(KCC)를 통한 저작권자와의 독점계약으로 (주)푸른책들에서 출간되었습니다.
저작권법에 의해 한국 내에서 보호를 받는 저작물이므로 무단전재와 복제를 금합니다.

＊잘못된 책은 구입한 곳에서 바꾸어 드립니다.

이 도서의 국립중앙도서관 출판시도서목록(CIP)은 서지정보유통지원시스템 홈페이지
(http://seoji.nl.go.kr)와 국가자료공동목록시스템(http://www.nl.go.kr/kolisnet)에서 이용하실 수
있습니다.(CIP제어번호: CIP2020027549)

f Fall in book, Fan of literature, 에프는 종이책의 새로운 가치를 생각하는 푸른책들의 임프린트입니다.
에프 블로그 blog.naver.com/f_books

세상의 모든 '몬스터 걸'들에게

그래도 보스의 굉장한 팬이에요!

발리스터 블랙하트, 슈퍼 악당 세계에서 가장 유명한 이름이죠!

보스는 영감을 준다니까요!

그래, 그런데 난 조수가 필요 없어.

아, 제발요! 요즘은 다들 조수가 있어요.

꼬맹이가 온종일 내 뒤를 졸졸 쫓아다니는 꼴은 못 봐.

전 애가 아니에요.

전 상어예요!

아아아아악

아, 그래요. 깜빡하고 제가 변신 능력자라는 이야기를 안 했네요.

그래, 뭐 했을지도 모르지.

얼마나 유용한지 두고 보면 알겠지.

좋아, 널 고용하지. 환영한다.

좋았어

1장

제 2장

좋았어. 어서 악랄한 계획들을 세워 봐요!

이것인가요? 봐도 돼요?

오, 정말 멋져요!

그만해. 그거 이리 줘.

우리가 뭘 할 건지 봐 봐.

내가 유전자를 조작한 용들로 도시를 공격할 거야.

왕은 시내에서 있을 퍼레이드에 참석할 거고. 우리 용들이 그곳을 급습해서 왕을 납치하는 거지.

가장 높은 탑 꼭대기에 올라 왕의 몸값을 요구하는 우리의 뜻을 발표하겠어.

그런 다음 왕을 붙들고 날아오른 다음, 탑을 폭파시켜서 강한 인상을 남기는 거지.

흠, 나쁘진 않아요. 폭파로 마무리하는 것도 좋고요.

하지만 제가 생각하고 있는 게 몇 가지 더 있어요.

보여드릴게요.

좀 더 전면적으로 혼란을
조장해야겠어요. 사방에
불이 났다고 떠드는 거죠.

그리고 다 보는 앞에서
왕을 살해하는 거예요.
그런 다음 보스가 새로운
왕이 되는 거죠.

분명 골든로인이
우리를 방해하려고 들 테니,
제가 변장하고 접근해서
그가 정신 차릴 틈도 없이
제거할게요.

아니,
난 그런 식으로
일하지 않아.

그렇게 사람들을
죽이고 다닐 수는 없어.
니모나, 규칙이라는 게
있어.

규칙이라니,
그게 무슨 말이에요?
왜 규칙을 따르는데요?

악당이 되는 진짜 목적이
그거 아닌가요?
규칙을 따르지 않는 거
아니냐고요?

그럼 골든로인 경을
죽이기만 하면 안 될까요?
번번이 그 사람이 보스의
계획을 망치잖아요.

아니, 누군가 그놈을
죽이게 된다면...

...그건 내가 될 거야.

4

한때 우리는 친구였지.
훈련을 받는 영웅들.

우리 둘은
협회가 봐 온 이들 중에서
가장 촉망받는 영웅들이었어.

마상 창 시합이 있던 날까지는.

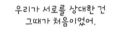
우리가 서로를 상대한 건
그때가 처음이었어.

나는 그를 말에서 완전히
나가떨어지게 했지.

난 정정당당히 승리했어.

하지만 암브로시우스는
지는 걸 끔찍이
싫어하지.

5

펑

제 3 장

여기는 저 혼자서도
10초면 잠입할 수 있었어요.
알고 있죠?

첫 범죄 현장에 너만 보내진 않아.
건 시험 삼아 나왔다고 생각하렴.

이 과학 기술들 가운데
또 뭐가 필요한 거예요?

아무것도 만지지 마.
이 물질들은 다 매우 불안정해.

으악

멈춰, 이 악당들!
거기서 손 떼!

스르르르

골든로인! 네 놈이 나타날 줄 진작 알았어야 했는데!

이제 와서 뭘 그렇게 놀라고 그래요?

쉿.

이제 종자도 생겼군! 아주 좋겠어, 발리스터.

암브로시우스, 이쪽은 내 새로운 조수, 니모냐야.

그래, 그리고 당신이 지게 될 거야, 골든로인!

뭐, 확실히 좀… 당돌하군.

오, 그래? 당돌한 게 먼지 보여 주지, 예쁜이.

지금 죽여도 돼요?

안 돼.

매력 있어.

마음에 드나 보군.

오, 그러면 안 돼!

니모나! 멈춰!

보스, 저자가 경보를 울릴 거예요!

주목! 침입자들이다!

위잉   위잉   위잉   위잉

경보를 울렸어요, 보스!

제가 처리할게요!

니모나!

위잉　　위잉　　위잉　　위잉　　위잉

종자들은 그 쓸모에 비해
문제가 더 많은 법이지, 안 그래?

빌어먹을, 니모나…

거기 서 봐, 이 악당아!
우린 싸워야 해!
그게 내 일이니까.

저리 비켜.

자,
받아라!

챙

가야 해. 금방 더 많은 경비대가 몰려올 거야.

연구소 폭발 사고

...악명 높은 슈퍼 악당 발리스터 블랙하트가 저지른 소행으로 보입니다. 사상자 수는 아직 확인되지 않았습니다...

수신 전화

국장
법의 집행과
영웅적 행위에 관한 협회

블랙하트, 당신이 오늘 저지른 범죄 말인데.

원하는 게 뭐야?

사망자 수가 나온 게... 당신답지 않아.

계획대로 되지 않았어.

그럴 줄 알았지.

생존자는 아직 한 명도 못 찾은 건

당신 조수? 그 애는 살아남지 못했어. 우리가 확인했지.

그리고 자동 폭파를 한 건 당신네 사람들이지!

잠재적인 위협에 대응했을 뿐이야.

고작 아이였어!

그런 건 우리가 알 바 아니야.

16

어린애 하나 죽이겠다고 건물을 날려 버린 사람은 대체 어떤 인간인 거지? 당신은 괴물이야.

난 괴물이 아니야.

난 상어다!

아아악

하 하 하 하 하

니... 니모나?

천 하 하 하 하 하 하

빌어먹을, 니모나!

안녕, 보스! 잘 지냈어요?

여태껏 네가 죽은 줄 알았잖니!

날 좋아하는군요. 내 걱정을 했어요!

이 조그만...

지금 어디니?

협회 본부요!
아무도 내가
여기 있는 줄
몰라요.

당장 돌아와.

네, 알았어요.

전부 제가 찾은
일급비밀 계획들인데
가져가도 돼요?

그래! 그래!
붙잡히기 전에
얼른 거기서 나와!

알겠어요, 보스.

그리고
다시는 그러지 마.

이봐! 여기는
출입이 금지됐어!

이크,
가야겠네!

니모나, 안 돼.
제발 그만 좀 해!

아아악

3장

18

제 4 장

보스, 저 왔어요!

넌 내 명령을 완전히 무시했어!

계획을 거스르고 일을 엉망으로 만들었지!

날 거의 죽일 뻔했고!

넌 거의 죽을 뻔했어!

기분 나쁘게 듣지 말아요. 보스 계획은 우리가 체포되는 것으로 끝났을 거예요. 전 제 계획이 더 마음에 들어요.

그 폭파로 사람들이 죽었어! 그런 생각은 전혀 안 한 거니?

우리는 악당이라고요! 악당은 때때로 사람들을 죽여요!

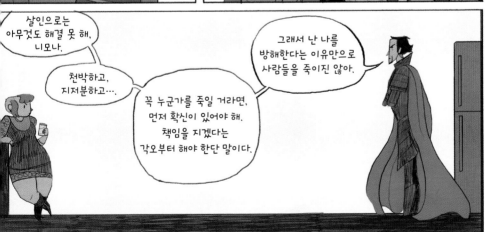

살인으로는 아무것도 해결 못 해, 니모나.

천박하고, 지저분하고….

꼭 누군가를 죽일 거라면, 먼저 확신이 있어야 해. 책임을 지겠다는 각오부터 해야 한단 말이다.

그래서 난 나를 방해한다는 이유만으로 사람들을 죽이진 않아.

그렇지만 협회에서 일하는 사람들이라고요. 알잖아요, 보스 인생을 망친 사람들이라는 거!

경비대가 내 인생을 망치진 않았어!

네, 골든로인이 그랬죠. 보스는 그를 죽이지도 않을 거고요!

그렇게 벌벌 떨며 아무도 못 죽이면, 그 누구도 보스를 진지하게 여기지 않을 거예요.

충격에 빠진 왕국

이제 모두가 보스를 주목하고 있어요!

보스가 다음에 뭘 할 건지 모두 기다리고 있다고요!

골든로인 경

지금 여기서 누가 악당이고 누가 조수인 거지?

여기 계속 있을 생각이면, 내 말을 듣는 게 좋을 거야.

좋아요. 하지만 보스, 제게 진짜 할 일을 쥐야 해요.

효욱

좋다. 서로 협력해야지.
팀으로 일할 필요가 있어.

거기서는 네가 꽤 빠른 판단을
했다는 걸 인정하지.

그럼 다음번
계획을 세울 때에도
도울 수 있어요?

그래, 네가 조금만 더
자제하겠다고
약속한다면.

좋아요!

풀쩍

넌 그걸 정말 잘하는구나.

고마워요!

그렇게 하는 건 어디서 배운 거니?

그건 어떻게 하는 거지?

동물로 변신한다거나 얼굴을 바꾸는 건 들어 봤지만, 이런 건 처음이야.

그건 그렇고, 네 이야기를 해 봐.

이런, 뒷이야기 같은 걸 꼭 해야 하는 거예요? 좀 우울한 이야기인데.

물론, 보스는 우울한 이야기를 좋아하는 거겠죠?

그냥 말해.

좋아요.

이야기는 제가 여섯 살이 되었을 때 시작돼요.

전 부모님과 작은 마을에서 살았어요.
아주 평범하고 지루한 이야기죠.

그런데 우리는 늘
서쪽에서 온 침입자들로부터 습격을 받았어요.

맞서 싸우고 싶었지만, 저는
그때 겨우 여섯 살이었고 할 수 있는 게
별로 없었어요.

그들은 예고 없이 불시에 쳐들어와서
약탈을 일삼고 닥치는 대로 불을 질렀어요.

그러던 어느 날 숲에서 열매를 따다가
우연히 땅에 있는 구덩이를 발견한 거예요.

도와줘요.

이봐요!
거기 괜찮아요?

25

아아, 난 구덩이에 빠진
불쌍한 늙은이란다.

마녀이기도
하지.

나가게 도와주면,
네게 마법이 깃든
선물을 줄게.

거기서 꺼내 주면,
날 서쪽에서 온 침입자들을
물리칠 만큼 강하게
만들어 줄 수 있나요?

흠.

그래! 널 용으로 변신시켜 줄게.
그럼 이리 날아들어 와서
날 꺼내 줄 수 있겠구나.

정말이냐? 여섯 살 꼬마를
용으로 바꿔 놓았다고?
마녀가 생각한 게 그거라고?

그냥
끝까지 들어요,
네?

26

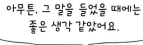
아무튼, 그 말을 들었을 때에는
좋은 생각 같았어요.

그래서 마녀가 주문을 걸었고
모든 게 계획대로 되었어요…

…저는 무시무시한 용이 되었죠.

저는 마녀를 안전하게 꺼내 주고…

…마녀가 가는 길을 배웅했어요.

27

전 마을에 가서 용이 된 제 모습을 보여 주고,
얼마나 강해졌는지 보여 줄 생각에 흥분해 있었어요!

하지만 마을에 도착했을 때
저를 반기는 모습은 찾아볼 수 없었어요.

마녀는 다시 모습을 바꾸는 방법도, 말하는 방법도
잊어버리고 가르쳐 주지 않았던 거예요.

저는 멀리 도망쳐서
숲속 동굴을 찾아 몸을 숨겨야 했어요.

저는 원래 모습을 찾겠다고 몇 주 동안 애를 썼어요.

이해할 수가 없군. 그 마녀는 너를 용으로 바꿔 놓았지. 그런데 네가 또 다른 동물들로 바뀔 수 있었던 건 뭐지?

주문이 좀 불안정했거든요. 그다지 훌륭한 마녀는 아니었어요.

뭐, '여섯 살 꼬마를 용으로 바꿔 구덩이에서 나간다는' 마녀의 훌륭한 계획에서 이미 그 정도는 짐작했어.

그 이야기는 좀 그만할래요?

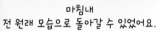

마침내 전 원래 모습으로 돌아갈 수 있었어요.

저는 부모님께 제가 할 수 있는 걸 보여 드리려고 서둘러 집으로 달려갔어요.

하지만 돌아왔을 때는 이미 침입자들이 다녀간 후였어요. 마을 사람들 전부가 죽고, 부모님도 예외가 아니었죠.

호록

그러니까,
아까 말한 것처럼
우울한 이야기죠.

그 뒤로는
어떻게 지냈지?

아, 그냥 이리저리
돌아다녔어요.

쉴 곳은 문제없었어요.

먹을 음식도 쉽게 찾았고요.

정말
그게 다예요.

네 말이 맞아.
우울한 이야기야.

그렇죠?

텅

좋았어.

뭐, 이제 우리 관계에서
'눈물 나는 사연' 단계는
넘어가게 되어 다행이에요.

피자
시켜도 돼요?

여기까지 시키면
배달료가
너무 많이 나와.

제발요,
냉장고에 먹을 게
아무것도 없어요.

유전자 변형 멸치가
냉장고에 좀 있는데…

싫어요.

31

네, 들어와요,
골든로인 경.

법의 집행과
영웅적 행위에
관한 협회

기다리고 있었네.

경이 어찌 된
일인지 전부 설명해
주었으면 하는데.

제 잘못이 아닙니다.
발리스터의 새 조수가 규칙을
위반한 거예요.

그 조수가 그렇게
문제가 될 줄은 몰랐어요.
어쨌든 아이였으니까.

말해 보게, 어떻게 경의 눈앞에서
아이 하나 때문에 우리
최고의 연구소가 파괴될 수 있었지?

32

아, 뭐, 그 조수가 변신 능력이 좀 있는 것 같더군요.

변신 능력자?!

발리스터 블랙하트가 변신 능력자를 고용했는데 경은 이제 와서 그 이야기를 꺼낼 생각이 들었다는 건가?

작은 아이일 뿐이에요.

나 '작은지'는 중요치 않아.

이제 발리스터는 전에 없었던 이점을 갖게 된 거야.

그도 머지않아 그 사실을 깨닫겠지.

그냥 내버려 둘 수는 없어.

4장 끝

제 5장

하지만 변신이 어떻게 이루어지는 거지? 전혀 말이 안 되잖아.

마법이죠! 그냥 받아들이고 좀 넘어갈 순 없어요?

없어.

하, 당연히 그러시겠죠.

"난 발리스터 블랙하트야. 난 과학만 믿는다고!"

어흐.

하지 마, 이상해!

하지 마, 이상해!

니모나, 지금 당장 원래 모습으로 돌아가지 않았다간...

과~~학

하하! 정말 골리기 쉽다니까.

내가 언제든 원할 때 널 해고할 수 있다는 건 알지?

그럼요, 보스.

이런 어먹을 문.

뭐가 문제인데요?

아무 문제도 아니야. 그저 보안이 철저해서 그래.

일련의 출입 암호를 정확하게 입력해야 하고, 그다음에 망막 스캐너가 작동하지.

망막 스캔이 끝나고 나면, 곧바로 음성 구동 소프트웨어가 인터넷에 접속되고, 그리고…

와르르

별로 철저한 것 같지도 않네요!

이건 네 월급에서 뺄 거야.

그래, 바로 그거. 방금 넌 네 몸의 질량까지 바꾼 거잖아. 그건 불가능해.

헛소리 집어치워요!

좋아, 마법이라고 쳐. 못 하는 게 뭐지? 규칙이 있어?

흠.

우선 생명이 없는 것으로는 변신할 수 없어요.

단 제가 원할 때만 빼고요. 제 말을 이해할는지 모르겠지만.

둘째, 전 실제로 존재하는 생명체로만 변신할 수 있어요.

누구로도 변할 수 있는데, 실제든 허구든 상관없어요. 허구가 더 힘들긴 하죠.

셋째, 전 나나 알레르기가 있어요.

바나나?

어떤 모습을 하고 있건 마찬가지예요. 왜 그런지 모르겠어요!

정말 심하게 두드러기가 돋는다니까요.

대단하군.

두드러기가요? 설마요.

아니, 네 힘 말이다. 사실상 무제한이라는 거잖아. 몇 가지 검사를 해 봐도 되겠니? 그걸 잘만 활용할 수 있다면...

뚜둑

이봐, 난 누구의 실험용 쥐도 아니야. 알겠어?

철컥

니모나? 괜찮아?

어떤 검사도
하지 않을 거야.

예전에…
누가 또…?

어! 저게 뭐예요?

사람들을
죽이는 거예요?

한번 해 봐도 돼요?

만지지 마.

이제 슬슬 협회에서 가져온 걸 훑어봐요!

그들이 생각하는 '일급비밀 계획'이 뭔지 어디 한번 볼까?

에이, 비밀 계획은 무슨! 허튼소리만 잔뜩 적혀 있잖아요!

다 사기야!

암호화되어 있어.

그럼 괜찮은… 건가?

뭔가 숨길 게 있으니 암호로 만들어 놓았겠지.

보스는 그걸 풀 수 있고요?

그럴 거야.

체스시냄

끝내주네.

프로그램 실행

암호는
다 풀었어요?

아니.

지금은요?

니모나, 겨우
6분 지났어.

지루해요.

이런 건 시간이
걸려.

그렇게
쉽게 되는 게…

땡

오.

알겠어요?

뭐래요?

비켜라.

이게 무슨
의미인지 아직
모르겠구나.

위우.

워요?

제이드루트?
협회가 제이드루트를
쓰고 있다고?

네? 제이드루트가
먼데요?

아주 희귀하고,
강한 독성을 지닌 식물이야.
그리고 거의 사악한 마법에만
사용되지.

부식성이
매우 강하고 다루기
어렵기로 유명해.

협회에서
오래전에 금지한
식물이야.

그런데 이 계획들을 보면
협회는 다량의 제이드루트를
보유하고 있어.

그 계획이란 게
뭘까요?

협회에선 용해 없이
제이드루트의 독을
저장할 수 있는 물질을
만들려는 것 같군.

그리고 이 용기들의 크기로
봐서는 상당히 많은 양의
제이드루트야.

그게 그렇게 희귀한 거면 그 많은 양을 다 어디서 구한 거래요?

내가 걱정하는 게 그거야.

만약 협회가 직접 키우고 있는 거라면, 그 때문에 왕국 전체의 작물들이 오염될 수도 있어!

작물이요? 지금 작물 걱정을 하는 거예요?

만약 그게 모두가 먹는 식량을 오염시키게 된다면, 당연히 걱정이지.

좋은 지적이네요.

협회가 이 많은 제이드루트를 가지고 도대체 뭘 할 계획인지는 말할 것도 없고.

보스는 미친 게 아니었네요? 협회가 정말 나쁜 짓을 꾸미고 있는 거였어요.

내가 미쳤다고 생각한 거야?

아니, 아니요. 좋은 쪽으로 미쳤다고요. 사악한 미치광이 과학자 같은 거!

그냥 입 다물어.

그걸로 보스가 옳다는 게 증명된 거란 말이죠! ...회는 완전히 썩었어요!

내가 옳은 건 나도 알아.

그래요. 그리고 다른 사람들도 다 알게 될 거예요. 이것들만 보여 주면요.

그렇게 간단한 문제가 아니야. 협회는 내가 무슨 말을 하든 다 거짓말로 만들 거야.

용케 알려지게 되더라도 그걸 덮을 방법을 찾아내겠지.

그래도 계획이 있는 거죠?

점점 모양이 갖춰지기 시작했어, 그래.

...말해 줘요, 말해 줘!

이번에는 제멋대로 행동하지 않겠다고 약속해.

좋아요, 약속해요.

좋아.

그럼 협회를 위해 말썽을 좀 일으켜 보자.

이야!

43

호록

통신국입니다, 국장.

수신 전화

중요한 일이어야
할 거야, 루디.

뉴스를 틀어 보세요,
국장. 6번입니다.

무슨 일이지?

...이 문서들에 따르면
협회는 제이드루트라고
알려진 물질을
다량 비축한 것으로
보입니다...

스캔들

기밀 문서가

...희귀하고
맹독성을 지닌 식물은
보통 흑마법과 관련이 있으며,
협회 스스로가
금지한 식물입니다.

막아야 할까요?

지금 끊어 버리면, 우리가 당황한 꼴을 알리는 것밖에 안 돼.

신빙성만 부여하고 말 거야. 그냥 흘러가는 대로 내버려 두자고.

기밀 문서가 공개되다

부대를 방송국으로 보내서 송이 광고로 넘어가자마자 저 여성 앵커를 체포해.

국장!

사실인가요?

기밀 문서가 공개되다

진정하게, 골든로인 경. 당연히 아니지.

그럼 어떻게 이걸 설명할 거죠?

기밀 문서가 공개되다

간단해.

블랙하트야.

45

* 남성의 바지 앞부분에 대는 삼각형의 덮개 또는 주머니.

경, 쥐를 잡은 겁니까?

쥐가 아니야. 변신 능력자이지.

뭐지….

경, 그거 확실한 거예요? 제 눈엔 분홍색으로 칠한 쥐 같은데요?

하지만 시도는 좋았어.

너!

하 하
하
하
하

49

하하, 진짜 그때 골든로인의 얼굴을 봤어야 해요.

돌아오는 길에 협회에 들렀어요.

발칵 뒤집혀서 난리예요!

이 문서들은 명백히 위조된 것입니다.

이건 악명 높은 발리스터 블랙하트가 만든 속임수입니다.

저 말을 믿는 사람이 있을까요?

모르지. 사실을 은폐하는 데 타고난 사람들이니까.

상관없어. 그저 첫 단계였을 뿐이니까.

그래요! 단계!

잘했다, 꼬마.

얼마 후…

이 영화 정말 터무니없군.

논리적으로 말도 안 될뿐더러 작품 수준도 형편없어.

으윽!

이게 정말 무서워?

혼자서 근위대를 째로 상대하면서, 고작 이런 영화가 무섭단 말이야?

만약 죽지 않는 언데드 근위대였다면 뭐, 이야기가 달려졌겠죠!

좀비들이 뭐가 무섭다는 건지 이해가 안 가.

죽은 자를 소생시키는 일은 어렵지 않지만, 그 좀비들이 소름 끼치는 추종자들을 만들지.

그들은 움직임이 느리지도 않을뿐더러 칠 안에 바스러지고 말아.

그냥 입 다물고 영화나 볼래요?

아아 이이이!

철벅

와드득

아흐

아, 말도 안 돼! 창자가 뭐 저렇게 생겼어!

닥쳐요.

51

아까운 내
두 시간만 버렸어.

니모나?

쿨쿨쿨

니모나,
나 자러 가야 해.

쑥

후우

똑

딸기

5장

52

협회에서는 속임수라잖아. 블랙하트 짓이라고.

거기에선 늘 블랙하트가 그랬다고 하지.

협회에 제이드루트가 있는 게 확실해.

이봐요, 할머니! 살 거예요, 말 거예요?

사과가 다 형편없군!

형편없다고!

이건 벌레가 먹었고!

이건 흑투성이야!

이건 너무 단단해! 하나 남은 이가 부러졌다고!

이봐요, 그 사과 값은 내야 해요.

단단한 사과 값은 안 내.

턱

당장 꺼져, 이 미친 할망구!

그래, 저리 가요!

갈 거야! 썩은 사과 같은 것들, 흥!

멍청한 할망구,

흠 흠 흠

흠~ 흠~ 흠~

일주일 전

뭘 만들고 있어요?

여기 들어올 거면 장갑과 고글부터 착용해.

툭툭

달그락 쨍그랑

고글, 장갑.

이제 뭐 만드는지 말해 줄 거예요?

계획의 다음 단계로 넘어간 거야.

그래요! 단계! 사악한 물약! 그래, 바로 이거지!

조심해.

가볍고 치명적이지 않은
유독 물질을 만들고 있어.

그래요, 그래.
가볍고 치명적이지 않은…
그게 대체 무슨 말이에요?

독이긴 해.

아무도 죽이진 않겠지만,
효과가 꽤 고약한 독이지.

이드루트 중독에 관한
보도를 믿든 안 믿든,
사람들 마음속에는
정도 의혹이 남을 거야.

그러니 뚜렷한 이유 없이
이상한 병이 나돌기 시작하면…

사람들은
크게 분노하게 되겠지.

결국은 그 보도들이
사실일지도 모른다고
생각하게 될 거야.

하! 악랄해!

소질이
있을 줄 알았어요!

이봐, 악당이 된 지는
내가 너보다
훨씬 더 오래됐어.

그래서 그 초강력 독극 물질을
어떻게 가지고 나갈 건데요?

사과야.

사과?

사과.

우아, 구식 악당이 따로 없네요.
보스가 세상에서 제일
예쁘지 않아 화가 난 거예요?

고전이야.

너무 많이
심어 놓을 필요는 없어.
몇십 개 정도?

그 정도면 돼.

사건이 몇 개
터지기만 하면…

…사람들의 상상은
점점 더 커지게 될 거야.

사과들을 전부 심어 뒀어요, 보스!

잘했다. 기다리는 일만 남았어.

얼마나요?

독소는 지속적으로 방출될 거야. 하지만 효과가 나타나려면 적어도 몇 주는 기다려야 하지.

아아, 지루해.

아무도 그 일을 벌인 게 우리라는 것을 밝혀내지 못하도록 해야 해.

그동안에…

…은행을 터는 건 어떨 것 같니?

물론 좋아요! 은행을 터는 거라면 아주 좋고말고요.

그럴 것 같더라.

안녕하세요,
예금하러 오셨나요?

그런 건 아니고.

우리는
돈을 찾으려고 왔지.

자, 금고까지 가는 길을
알려 주면 좋겠소만.

블랙하트!

블랙하트.

블랙하트?

블랙하트다!

블랙하트!
거기 꼼짝 마!

아무도
죽이지 않도록 해
알았니?

크아아앙

자, 어디까지 이야기했더라?

금고로 안내해.

뿌아아앙

어...

이쪽이에요.

바로 그거야.

아아악

저걸 열 수는 없어요.
제게는
권한이 없어요.

그만하면 충분해.

당장 나가는 게
좋을 거야.

곧
엉망이 될 테니까.

좋아, 가자.

우아아아아.

진정해.
아직 위험에서
벗어난 게 아니야.

재장전하려면
시간이 좀 걸려.

먼저 궤짝을
가져다준 다음,
지붕 위로 올라가
좋겠구나.

내가 왜 또
지붕에 올라가요?

이미 이야기한
내용이잖아.

넌 벽이
날아갈 때를 대비해서
광장을 비워야 해.

아, 알았어요,
도의상.

네가 용으로
변신해 보는 것
좋겠다 생각했

크 아 아 아 아 앙

아아

아아아   아악

골든로인이 본부에 알린다.
즉시 지원을 요청한다.
지금 은행 광장에
궁수가 필요하다.

너희 둘은 나를 따른다.
나머지는 지원을
기다리도록.

하지만 경, 용이···

주의를 분산시키려는 거야.
그사이에 발리스터가
챙겨 갈 수 있는 만큼
금을 훔치고 있겠지.

지금이 기회야.
가자!

70

퍼엉

어헉

쨍그랑 쨍그랑 쨍그랑

블랙하트.

그래, 암브로시우스.

여기 뜰 준비 됐죠, 보스?

내려와서 나랑 싸워, 이 악당아!

네, 꿈도 꾸지 말아요.

알아, 그럴 생각 없어...

싸우자고, 이 겁쟁이!

풋짝

아아, 더 가져가면 안 돼요?

그래, 정말 안 돼.

으, 알았어요.

좋아, 더 지체할 시간이 없어.

여기에 너무 오래 머무른 거 같아.

무슨 로빈 후드라도
된 거예요?

아니,
난 슈퍼 악당이지.

그런 줄 알았어요,
보스.

날개를 겨눠라.
떨어뜨려 버려.
둘 다 살아 있어야 해.

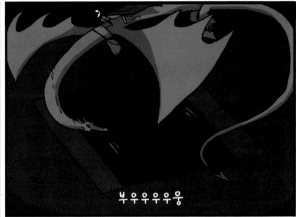

부우우우우웅

하하!
정말 대단했어요!

문제없이 술술 잘
풀렸잖아요! 가져온
전리품들 좀 봐요!

아...
니모나...

뭐요?

어.

전부 막았다고 생각했는데... 하나를 놓쳤던 거야!

보스, 괜찮아요.

아니, 만지지 마!

할머니처럼 잔소리는.

그렇게 깊은 것도 아니...

아아아아아아아아아아아아아!

만지지 말라고 했잖아!

어어어.

내 실험실로 가야겠다. 거기에 약품이 있어.

피가 많이 나요!

몸부림 좀 그만 칠래

죄송해요. 정말 불편하

다 내 잘못이다. 이런 일이 일어나게 해선 안 됐는데.

보스, 괜찮다고 했잖아요.

위험할 줄 몰랐던 것도 아니고.

그랬니? 정말이야?

이 모든 게 너한테는 게임 같겠지. 하지만 협회는 그저 놀고 있는 게 아니야.

그들은 어리다는 이유로 절대 널 봐주지 않을 거야.

저도 그런 기대는 안 해요!

걱정해 주는 건 고맙지만, 오랫동안 제 몸은 제가 지켰어요.

그러니까 애 취급은 말아요, 네?

난 그저 네가 다치지 않았으면 좋겠어!

열 좀 식힐래요?

요만한 화살로 죽는 사람은 없어요!

죽기도 해. 화살이 지닌 용도가 그런 거니까.

그리고 그 다리는 쓰지 않도록 해.

아아, 진짜요?

다리가 나을 때까지 쉬는 거야.

하지만 악랄한 계획들은 다 어쩌고요!

잠시 조용히 지낸다고 나쁠 건 없어.

○○○○○

그래서 다리가 나을 때까지 보스랑 여기에 갇혀 있으라고요?

유감이지만 그래.

그건 그렇고 여기서 할 만한 뭐가 있을까요?

여기 〈세계 지배〉라는 게 있구나. 이 게임은 전략 기술을 길러 준다. 각자 개, 장화, 투석기가 될 수 있지.

〈비월더〉는 언어와 관찰 능력을 길러 준다.

비디오 게임을 하고 싶다고 했잖아요.

비디오 게임은 시간 낭비야.

보드게임은 아니고요?

이런 건 왜 가지고 있는 거예요? 여기 사는 사람은 보스뿐인데!

나도 부하들이 있었어. 게임 하는 밤은 인기가 많았지.

부하들이요? 다 어떻게 됐는데요?

돈이 목적인 사람들과는 일할 수 없어. 자신의 급료에만 신경 쓰는 이들과 신뢰를 쌓는 건 불가능하지.

오호. 내가 맞혀 볼게요. 협회가 그 사람들을 매수한 거죠?

그 이야기는 하고 싶지 않아.

〈세계 지배〉요? 스코티시 테리어는 내가 찜!

83

아싸! 10!

···8···9···10!

마법에 걸린 숲에 도착했네. 여기는 내 소유지.

금화 600개야.

내 스코티시 테리어는 그런 압제적인 통행료는 물지 않을 거야!

니모나···

스코티시 테리어는 억압당하는 삼림지의 생명 모아서 반란을 조직해!

마침 나는 공명정대한 지배자라 모든 백성이 나를 깊이 존경하지.

다람쥐들이 성벽을 기어오르고 곰들이 성벽을 부숴 버려요!

피비린내 나는 혼돈이 오는 거죠!

마법에 걸린 숲은 우리 거예요!

툭···

어쨌든 금화 600냥은 가져갈 거야.

완전히 날강도네!

훼손한 값으로 금화 600냥 더.

화르륵

재미있었어요! 자, 다음으로 뭘 해 볼까요?

왕립 병원
진료소

이런 건 처음 봐요,
박사님.

지난주에만
네 건이에요!

리가 시도한 치료법 중
어느 것에도
도를 보이지 않아요.

온갖 테스트를 다 해 봤어요.
하지만 그 결과를 어떻게
봐야 할지 모르겠어요.

뭐 때문에 생긴 것인지
우리로서는 알 수가 없어요.
환자들도 서로 연관성이 없고요.

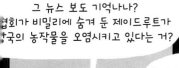

그 뉴스 보도 기억나나?
협회가 비밀리에 숨겨 둔 제이드루트가
국의 농작물을 오염시키고 있다는 거?

하지만 협회가
그건 사실이
아니라고…

그래…
하지만 정말일까?

85

제이드루트와 연관된 전염병에 대한 소문이 돌기 시작하자 성난 군중들이 협회 본부 바깥에 모여들고 있습니다...

현재까지 네 건이 보고되었습니다. 협회는 아직 아무 언급을 하지 않았습니다...

수치스러운 일이야.

경의 무능 때문에, 블랙하트와 그의 새 피후견인이 우리를 훨씬 앞지르고 있어.

저더러 뭘 어쩌라는 거죠? 소작농들이 병에 걸리는 걸 막아요?

지금은 하찮은 감상에 젖을 때가 아니야. 경도 뭘 해야 하는지 알겠지.

그 조수를 없애 버려.

수단과 방법을 가리지 말고.

86

제가 그 둘을 사로잡아서
법정에 세우겠다고 맹세하죠…

하나하나
다 설명해 줘야 하나?

조수를 처리하라고.

네?

어린 여자애를
죽일 생각은 없어요.

경의 일이 달렸어. 우리는
당장이라도 경을 대신할 사람을
찾을 수 있지. 못할 것 같아?

만약 이런 상황이 더 번지게 된다면,
우리로서는 극단적인 방법을
쓸 수밖에 없을 거야.

그리고 경의 친구인
블랙하트는 조수와
함께 쓰러지게 되겠지.

블랙하트는
제 친구가 아니에요.

그래,
당신의 숙적이겠지.

그리고 그가
그 상태로 있기를 바란다면,
내가 말한 대로 해.

6장 끝

...알 수 없는 질병이 발병한 뒤로
왕국은 공황 상태에 빠져 있습니다.
그 질병이 협회에서 행한 실험들과
관련 있다는 소문이 퍼지고 있습니다...

그사이 악당 발리스터 블랙하트가 최근 일으킨
은행 강도 사건이 대량 인출을 유발하면서,
당국은 모든 계좌를 동결하도록 압박했습니다...

제가
뭘 가져왔는지 봐요...

이게
뭐지?

은행에서 슬쩍한 거예요.
보스에게 잘 어울릴 것 같아.

어서요 보스, 한번 상상해 봐요!
우리가 승리하면 보스는
왕이 되는 거예요.
난 보스의 전사가 되고요!

난
왕이 되고 싶다고
한 적 없어.

우리가 협회를 몰아내고 나면
누가 자리를 넘겨받을 거라고
생각했어요?

아니면 거기까
생각을 안 히
거예요?

88

앞서가는 거 같구나.
우린 아직 승리와는
거리가 멀어.

뭐, 하지만
결국 할 거예요.

무슨 근거로
그렇게 확신하지?

보스는 천재니까요,
나 참!

...내가 뭐 하나 제대로
성사시킨 게 없다는 거
너도 알잖아?

난 사실 실적이
별로 안 좋아.

그래요,
근데 이번에는
제가 있잖아요!

이제 인정해요.
우리는 훌륭한
한 팀이라고요.

넌 네 가치를
충분히 증명했어.

런 건 축하를 해야겠죠.
가 저녁을 준비할게요!

요리를 할 수 있다고?
아니면 내 주방을 날려
버릴 구실이라도 찾는 건가?

으하하, 전 최고의
요리사일 뿐이에요.

니모나!
그 다리는
쓰지 말라고
말 안 했나?

붕대를 풀어 버린 거니?

네? 아.

대체... 벌써 다 나은 거야?

그냥 나은 정도가 아니고 상처가 아예 사라졌군.

네, 뭐, 전 정말 빨리 낫거든요. 변신 능력자가 원래 그래요.

나흘 만에?

왜 전에는 이런 이야기를 하지 않았지?

잊어버렸어요.

삑

수신 전화

(( ))

골든로인 경

전하는 게 뭐지?

할 이야기가 있어.

둘이서만.

직접 만나서.

오늘 밤
'사슴뿔 뱀'에서
만날 수 있을까?

날 얼마나
바보로 아는 거야?

함정이 아니야.
약속하지.

네 약속이
그만한 가치는
있고?

협회에선 모르는 일이야, 응? 난
그저 이야기를 나누고 싶을 뿐이야.

지금도
이야기하고 있잖아.

제발, 발리스터.
중요한 일이야.

술은 내가 사지.

...좋아.

일곱 시야.

삐익

후우

니모나, 나 나가.

그럼
저녁은요?

내 몫은
냉장고에
넣어 둬.

91

휘익

훈련을 받은 뒤에
매일 여기 오곤 했던 거 기억해?

기억해.

자,
왔으니 말해.
원하는 게
뭐야?

네 조수는 어디 있지?

그것 때문에 부른 건가?

여기에 있나?

그럴지도 모르지. 어디 있는지 짐작도 못 하겠지?

나라도 몰랐을 거야...

그 애를 처리해야 할 거야.

그런가? 그런데, 음...

내가 왜 그래야 하지?

협회는 매우 분노한 상태야...

그래, 바로 그거였어.

발리스터...

협회에서 나에게 네 조수를 죽이라는 명령을 내렸어.

93

지금 아이를 죽이겠다고, 골든로인?

요즘은 영웅들이 그런 일을 하는 건가?

내가 정말 그 일을 하고 싶어 한다고 생각해?

왜 네가 할 수 있다고 생각하지?

내가 허락만 하면 그 애 넌 가만두지 않을 거야

너도 협회가 얼마나 막강한지 알잖아.

그냥 멀리 보내 버려, 발리스터. 그 애는 무사할 거고, 모든 게 정상으로 돌아갈 거야.

철커덕

정상이라고?

넌 이미 마상 창 시합에서 정상이길 포기했어.

철컥

94

아직도
그 일을 마음에 두다니
믿을 수가 없군.

벌써 오래전 일이잖아.

게다가 그건 사고였어.

장담컨대 그 이야기를
하도 많이 해서 이젠 정말로
그렇게 믿기 시작했겠지.

사실이야!

여긴 우리 둘뿐이야, 암브로시우스.
거짓말할 필요 없어.

뭐... 난 아니... 그날 무슨 일이
있었는지는 모두가 알아! 그 사실을
받아들이지 못하는 건 너뿐이야.

그냥
인정할 수는 없는 건가?
이번 한 번만이라도?

넌 내가 너보다 더
뛰어나다는 사실을
견딜 수가 없어서
내 팔을 날려 버린 거야.

넌 절대
나보다 뛰어나지 않았어!

네 인생이 어떻게 변했든 그게 내 탓이 될 수는 없어! 악인이 된 건 네 선택이었어!

선택? 내겐 선택권이 없었어!

협회는 악당이 필요했던 거야. 거기에 내가 당첨됐을 뿐이야. 내 선택이 아니라고.

그리고 만약 그 '사고'가 다르게 일어났다면, 악당은 바로 네가 되었겠지!

아, 제발! 정말로 그걸 믿어?

애초에 너한텐 영웅이 될 능력이 없었어!

악인이 될 사람은 바로 너일 거라는 걸 모두가 알고 있었어!

퍽

으으윽

내가
당장 네 팔을
잘라 버리면
어떻게 될까?

그럼 넌
협회가 얼마나 빨리
널 헌신짝처럼 버리는지
보게 되겠지.

나한테
그랬던 것처럼.

넌
그러지 않겠지.

그래,
안 그럴 거야.

그리고 난 악당이지.

너에 대해서는
뭐라고 말할 것 같지?

스르르르

삐빅

안녕! 어서 와요!

저녁은 시키는 대로 냉장고에 넣어 뒀어요.

와, 무슨 일 있었어요?

나도 없는데 싸운 거예요?

그 녀석들 어디 있는지 말해요. 내가 얼굴을 뭉개 버릴 테니까!

보스?

난 자야겠어.

7장

삐빅

이게 뭐지?

어젯밤에 보니까 너무 우울해 보여서…

과학이라면 보스 기분이 좋아질 것 같더라고요!

과학을 사랑하잖아요!

니모나, 우리는 이런 큰 공개 행사에 갈 수 없어. 우리 둘은 왕국에서 수배 대상 1순위인 범죄자들이야.

생각해 둔 게 있어요!

이 가짜 수염을 달아야 해요.

과학 박람회

로봇 싸움

수염이 간지러워.

니모나, 이걸로는 아무도 속일 수 없을 것 같은데.

그렇게 자꾸 건드리면 당연히 못 속이죠!

그리고 내 이름은 그레고르예요.

나 혼자만 진지하고, 보스는 제대로 할 생각이 없는 게 분명하네요.

우리가 잡힌다면 그건 보스 잘못이에요.

이봐, 이건 네 생각이었어.

여기 와 보는 건 몇 년 만이군.

이곳에 내 부스를 마련하게 될 날을 꿈꾸곤 했는데.

하, 따분해.

그래서 이제 어디로…

우! 추로스다!

안녕, 꼬마야!

추로스 하나 주시오.

여기 있어요.

그전에 잠깐... 아빠 말 잘 들었니?

네!

아빠를 정말 많이 닮았네요!

짭짭 짭짭

아... 음... 네. 그런 것 같군요.

즐거운 하루 보내세요!

추로스

프리언드 박사의 생명체들

좀 안고 가요!

야!

니모나, 널 안고 갈 수는 없어.

제발요, 난 맨날 태워 주는데!

그리고 그레고르잖아요.

좋아. 하지만 좀... 덜 무거운 것으로 변할 수 없을까?

숙녀의 몸무게 이야기를 하는 건 실례예요.

누구 보는 사람 있어요?

없어. 괜찮아

좋아, 효과가 있

안녕하세요.
내 변칙 에너지 증폭기가
눈에 띄었나 보군요.

뭐, 내가 초록색으로
빛나는 것들을
좋아하기는 하죠.

난 메러디스 블리츠마이어
박사예요. 내 명함이에요.

아, 네. 전…
그레고르입니다.

이 기계로
뭘 하는 거죠?

뭐,
당장은…
녹색 빛을
내죠.

그게 다인가요?

신기술이에요.

하지만 이 녹색 빛은 전기로 발생하는 것도, 불꽃이나 생체 발광도 아니고, 지금껏 인간에게 알려진 그 어떤 에너지원에서 나오는 것도 아니지요!

연료도 필요 없어서 무한으로 빛을 내겠죠!

흠.

물론 의심이 드는 건 이해합니다. 변칙 에너지를 연구하는 사람은 나밖에 없고, 내가 보여 줄 수 있는 것도 이게 다예요.

변칙 에너지?

내가 고안해 낸 이론을 바탕으로 한 거예요!

나는 산 너머 땅으로 여행을 떠났답니다. 그곳에선 아직도 위대한 마법사들이 자신의 마법을 펼치고 있지요.

그들이 쓰는 방법을 관찰하며 확인한 바로는, 마법사들은 눈에 띄지 않고 무한해 보이는 원천으로부터 힘을 끌어내는 것처럼 보이더군요.

한 가지 이론을 세웠는데, 우리 모두를 둘러싼 거대한 에너지의 장이 분명 존재하지만 특정한 환경에서만 탐지될 수 있다는 거예요.

나는 그런 환경을 과학적으로 재현하는 데 전념했답니다!

이 보잘것없는 장치는 과학과 마법을 조화시키기 위한 첫 단계이지요.

좋아, 그래.
분명 날 봤어. 여기서
빠져나가야 해.

이러면 도움이
안 되는 거
알잖니?

당장 고양이 말고 다른
것만 되어도 좋겠다만

캬아악

휙

도대체 뭐라는 거니.
그 안에 갇힌 거야?

어떻게 갇힐 수가 있어!

야아옹

뭐, 거기다 말도 못 해? 그건 또 왜 그래?

야아아크아앙

엄마! 여기 미친 떠돌이가 고양이한테 말을 해요!

나는 어… 있지, 과학자라다. 그리고 여긴…

…아주 똑똑한 돌연변이 고양이야.

무슨 떠돌이? 어디?

여기서 꺼져, 이 미친 떠돌이야!

갑니다!

기다려, 이제 도망갈 거니까.

얘야, 괜찮아?

으으으.

대체 뭐였죠?

쉿. 여기서
나갈 수 있겠어?

네, 당연히 나갈 수 있죠.
꽉 잡아요.

과학 박람회에서 큰 혼란이 있었습니다.

뉴스 속보

오늘 박람회 현장에 화재가 발생하면서 최첨단 기술에 큰 피해가 갔습니다.

발리스터 블랙하트가 관련되었다는 소문입니다.

그는 최근에 매우 바쁘게 지냈죠.

꽝

진정 좀 할래?

싫어요.

생각만큼 잘 풀린 건
아니지만, 지금은 괜찮아.

정말
모르는군요!

힘을 잃은 적은 한 번도 없어요.
난 갇히지 않는다고요.

괜찮지 않아요.

협회에서 이 기계에 관해
알아내기라도 하면 어떡해요, 네?

알아내지 못할 거야!

있지, 넌 더 이상
혼자가 아니야.

내가 도울 수 있어.
그들이 널 괴롭히게
두지 않을 거야.

보스의 도움 따윈
필요 없어요. 알겠어요?

누구의 도움도
필요로 한 적 없어요.

우지끈

얼마나 많은 사람들이
날 돕고 싶다고 말했는지
알아요?

니모나,
그만해.

주방이
엉망이 된 건 죄송해요.

물론 그것도
내 월급에서 빠지게 되겠네요.
그렇죠?

8장

122

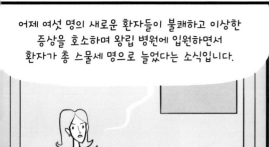

어제 여섯 명의 새로운 환자들이 불쾌하고 이상한 증상을 호소하며 왕립 병원에 입원하면서 환자가 총 스물세 명으로 늘었다는 소식입니다.

치명적인 물질인 제이드루트를 가지고 협회에서 진행했다고 알려진 실험과 이 질병과의 관련성이 제기되었습니다.

뉴스 속보

국왕은 오늘 기자 회견을 열었지만, 이 소문들을 언급하지는 않았습니다.

시민들께서는 감염자와의 접촉을 피하시고, 모든 식품은 섭취 전에 특이한 점은 없는지 검사를 거쳐 주십시오.

감염자들은 모두 즉시 치료를 받을 수 있도록 해 주십시오.

그리고 침착성을 잃지 않도록 해 주세요.

잘된 거죠?

그래.

모든 게 계획대로 되고 있죠?

그런 것 같구나.

머리가 바뀌었네?

넵.

음.

왜요, 별로예요?

아니, 그게 아니고... 그게 그러니까...

분홍이 네가 좋아하는 색인 줄 알았어.

보라색도 좋아해요.

뭐 원하는 게 있었어요?

아니... 나는...

네가 괜찮은지 확인하고 싶었어.

괜찮죠. 안 괜찮을 게 뭐예요?

니모나.

너에게 무슨 일이 생긴 걸 알아. 무슨 일인지 내게 말하지 않는다는 것도.

말하기 싫으면 하지 않아도 돼.

난 널 믿어. 너도 날 믿어도 돼.

너도 알지, 응?

보스.

괜찮아요. 그냥 놔두세요.

…그래.

배고프니? 피자를 시키면 어떨까 하는데.

그래요.

특별히 원하는 토핑이라도 있어?

아니, 보스가 정해요.

그럼 정어리지.

피자에 정어리 올리기만 해 봐요.

125

블랙하트는 이미 통제할 수 있는 수준을 벗어났네. 이제 그를 제외시키고 싶어.

분명히 그는 아직 쓸모가 있어요!

경이 결정할 일이 아니야.

이미 여자애를 죽이라고 지시한 게 있잖아요. 국장이 암살 명령을 내린 걸 사람들이 알게 된다면...

여론은 당장 신경 쓰지 않아도 돼.

만약 블랙하트가 죽는다면, 그는 평민들의 영웅이 될 겁니다!

그를 체포하고, 중독 사건을 그의 탓으로 돌려...

골든로인, 자신이 정말 교활하다고 믿나?

경의 의도는 훤히 들여다보여. 두 사람의 관계가 어떤 성격이었는지는 알고 있어.

나는 그때 분명히 찬성하지 않는다고 했지.

그에 대한 집착이 경의 일 처리 능력을 저하시킨 거라면 그는 정말 쓸모가 없어진 거야.

우리 경에게 새로운 적을 찾아 줄 거야.

어쩌면 경은 집중을 흐리는 블랙하트가 없다면 더욱 유능해질지도 모르지.

난 그를 죽이지 않아요.

내게 그 아이를 죽이라고 한다면 그렇게 하겠지만, 그를 죽이진 않을 겁니다.

좋아.

그 조수를 확실하게 끝장내고, 블랙하트를 체포해. 그럼 그는 살 거야.

합의된 건가?

네, 국장.

좋아. 이리 오게. 경에게 줄 것이 있어.

현재 상태로는 경이 확실히 열세에 있지. 그러니 균형을 맞춰 보자고.

충격 흡수 강철판, 로봇으로 향상된 성능, 장갑 속에 있는 전기 충격 장치. 반 기계인 남자와 여자애를 진압하는 데에는 충분할 거야.

함께 갈 팀은 경이 선택. 그들도 비슷하게 무장하게 될 거야.

이번에는 그 어떤 실수도 용납 못 해.

그의 요새를 공격해야 하나요?

그의 영역에서 충돌 상황을 만드는 건 현명하지 못한 짓이지.

그를 밖으로 끌어내야 해. 우리 방식대로 그를 상대해야지.

함정 말인가요? 그는 함정에 빠지지 않아요. 병적으로 의심이 많죠.

흠, 그럴지도.

하지만 그가 요즘 들어... 좀 지나치 자신만만해졌대도 별 놀랍지 않을 거야.

왕실 토너먼트
모두 환영합니다

- 마상 창 시합 -
- 난투전 -
- 활쏘기 -

왕국 전사
암브로시우스 골든로인 경
특별 참여

저들은 진짜 이걸로 사람들을 달랠 수 있다고 생각하나?

모르지. 그래도 다들 조금이라도 즐길 수 있다면 좋겠지.

내 생각에는, 그냥 다 공연한 짓이야.

보스, 문제가 생겼어요.

그게 뭔데?

골든로인이 여기 없어요.

틀림없이 올 거야. 포스터에 이름이 있다고!

프로그램에는 없네!

잘 지켜봐.

알았어요.

가루 설탕은 어디 있는 거야?

여기서 기다려. 가서 더 가져올게.

정말 어디로 간 건지 모르겠네...

찾았다!

맛있게
드세요!

이쪽은 방랑 기사
코리앤더
카다버리쉬 경!

그리고 저쪽은
협회를 대표하는
맨슬리 거스로드
경!

우우우우우
우우우

우우우우

블랙하트는 아직인가?

아직입니다, 국장.

나타날 거야. 확실해.

저기 무슨 일이지?

네?

믿을 수가 없는

133

왕국의
백성들이여.

내 이름은
발리스터 블랙하트다.
그 이름은 이미
다들 알고 있겠지.

다들 나를 적이라고
생각할지 모르겠지만,
난 여러분이 아니라 오직
협회를 상대로 싸워 왔다.

여러분의 진정한 적은
여러분을 때려눕히고
강제로 명령에 따르도록 한
그 사람들이지.

그들은 여러분의 아이들을
데려가 군인으로 키웠다.
자기 백성들을 희생해 가며
전쟁을 조장했지.

그들이 모든
힘을 쥐고 있는 제도로
우리를 속박했다.

그 대가로
안전을 약속했지만,
그들은 그 약속도
저버렸지.

그들은 전쟁에
목을 매며
자신들이
지키겠다고
맹세한 바로
그 사람들을
위험에
빠뜨렸다.

그들이 여러분의
힘을 앗아 갔다.

이제 그걸
되찾을 때이다.

137

블랙하트의
전송 신호를 추적했습니다.

신호는 바로 본부의
통신 단말기로부터
나오고 있습니다.

보안 카메라에
접속을 시도하고 있어요.

보안 카메라는
작동을 멈췄어요.
경비 근무를 맡은 이들도
응답이 없고요.

분명 거기에 있어.

들리나, 골든로인?

확인했습니다,
국장.

나머지 인원은
거기 있는 사람들을
진압하도록.

즉시 들어가서
그를 끌어내려.

모든 수단을
동원해서.

니모나,
그곳 상황은 어때?

다운로드 중

모두 계획대로 되고 있어요.
그쪽은 어때요?

거의 끝났어.

이제 그만해,
블랙하트.

돌아서.

천천히.

보스? 괜찮아요?
무슨 일이에요?

방금
골든로인을
만났어.

보스!

삐릭

망할.

141

아아, 이 복도를 걷는 것도 꽤 오랜만이군.

변한 게 하나도 없어.

계속 걷기나 해!

그렇게 딱딱하게 굴 거 없어. 협조하고 있잖나.

그래, 그렇지. 마음에 안 들어.

내가 협조하지 않기를 바란 거야?

그만 좀 우쭐댔으면 좋겠군.

주먹을 흔들고 으르렁대며 훨씬 더 강해져서 돌아오겠다고 떠들어야 하는 건가?

관둬.

근데 이 방은 기억이 안 나.

이곳은 뭐지?

143

경고. 전체 폐쇄 진행 중.

철커덕 철커덕

철커덕

철컹

하! 또 다른 함정이군!
이중 함정이야!

저 벽들은 보강 철로 되어 있어.
너라도 저 벽을 뚫고
나갈 수는 없어!

그래요?
내기할래요?

비켜서, 블랙하트.

우리가 원하는 건 저 조수야.
저 애만 내놓으면
넌 해를 입을 필요 없어.

이중 함정이라.
영리하군. 인정하지.

하지만 내가 보기엔
너도 마찬가지로
함정에 빠진 거 같은데.

아, 하지만 우리
준비하고 왔어.

덤벼 봐.

잡았다!

여기요. 이 싸움에서는 칼보다 더한 게 필요할 거예요.

꽈 액

꽉

피웅

오, 나쁘지 않아. 충전하는 시간이 너무 오래 걸리는 게 아쉽군…

조심해요!

콰광

떱석

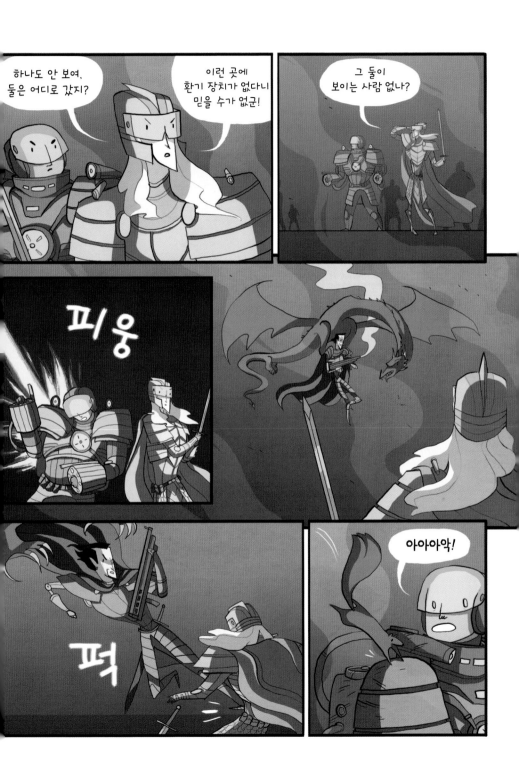

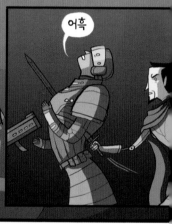

니모나!

지지직

골든로인입니다, 국장. 끝났습니다.

폐쇄 완료. 대기 바람.

철커덕

철커덕

미안하네, 발리스터.

제발 내 문 좀…
그만 부술래…?

놔둬.
혼자 설 수 있어.

으이그, 알았어요.
여기요, 뻗든 말든
맘대로 해요.

우어!

그렇다고 진짜로
뻗어 버리면 어떡해요.

으으… 머리…

무슨 일이 있었지…
난 전혀…
우리가 어떻게…

걱정할 거
없어요.

니, 아니... 그들이 널 죽였어. 넌 죽었다고.

당연히 아니죠.

내가 봤어. 내가 분명 봤는데.

진정해요. 속임수였어요. 폐쇄된 걸 열게 하려고.

속임수... 하지만 어떻게...

걱정할 거 없다고 했잖아요.

골든로인은... 그를... 네가...

나더러 뭘 어떻게 하라고요? 그는 우릴 죽이려고 했어요.

니모나, 그가 죽었나?

몰라요.

가서 알아볼게요!

그곳에 다시 가면 안 돼! 너무 위험해!

니모나!

우리가 할 수 있는 건 다 했어요, 국장. 전혀 가망이 없었어요.

그 애는 우리가 생각한 것보다 훨씬 강했어요.

죽이는 건 불가능해요.

우리 그 애가 괴물로 위장한 여자애라고 생각했지만, 아니었어요.

그 앤 여자애로 위장한 괴물이에요.

변명 따위에는 관심 없다. 그 영상은 나도 봤어.

내가 본 건 못 봤어요.

그 애 얼굴을 못 봤잖아요.

사실 발리스터가 명령을 내리는 쪽이라는 생각도 안 들어요. 어떤 방식으로든 그 애가 발리스터를 조종하는 걸 거예요.

사정이 어떻든, 이제 경이 상관할 바가 아니야.

다른 사람이 대신할 테니까.

뭘 하려는 거죠? 그 애와는 싸워 이길 수 없어요.

싸우는 건 이제 계획에 없어.

삐빅

9장

162

제10장

보스?

아, 거기 있었네요.

대체 어딜 갔다 온 거니?

아으, 열 좀 그만 낼래요? 정찰하러 나갈 거라고 했잖아요.

요즘 뭐가 문제예요? 일주일 내내 아주 이상하게 굴고 있잖아요.

바깥 상황이 상당히 암울해 보여요.

보스 말이 맞았어요. 뉴스 채널들을 검열하고 있는 게 분명해요.

토너먼트에 있었던 시위자들을 잡아 가뒀는데... 거기가 어딘지 알 수가 없어요. 아무도 몰라요.

그리고 더 놀라운 게 있어요...

보스의 바이러스에 감염된 사람 중 둘이 죽었어요.

뭐?

깜짝이야!

그럴 리 없어. 치명적이지 않도록 조작했다고!

뭐, 그럼 다른 이상한 병인지도 모르죠.

중요한 건, 그들이 죽었다는 거예요.

! 일은 충분히 오래 끌었어. 이제 그 사람들에게 치료제를 줘야 해.

지금 장난해요?

이건 우리에게 아주 좋은 일이에요!

공포가 최고조에 올랐다고요!

지금은 모두가 협회를 싫어해요!

공격하기에는 지금이 딱 좋은 때라고요. 그들은 지금 흐트러져 있고, 그들의 스타플레이어도 망신을 당한 상태고…

지금 공격해서 그들에게서 권력을 완전히 빼앗아야 한다고요.

그런 다음 병자들을 치료해도 안 늦어요. 다들 보스가 멋지다고 할 거예요!

아니.

이제 죽는 사람은 없을 거야.

협회와 마찬가지로 나도 통치자에는 맞지 않아.

나는 거짓말쟁이에 살인자야. 그리고 이제 그만할 거야.

167

168

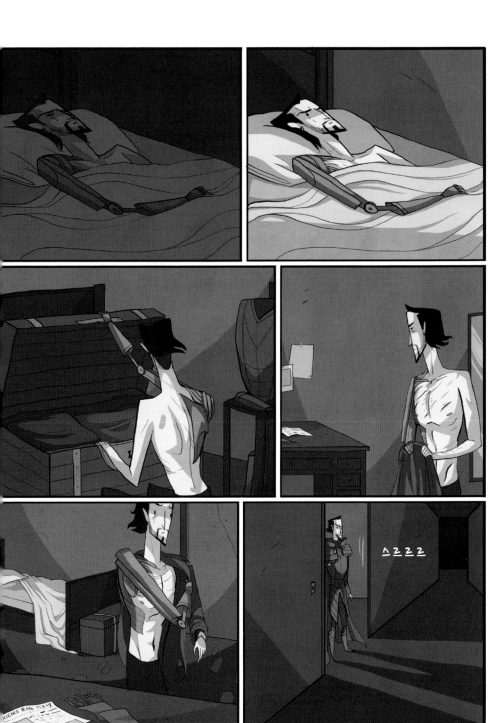

ᄉ ᄌ ᄌ ᄌ

위이잉
위이잉

위잉
위잉

연락처

골든로인 경

협회 - 국장

니모나

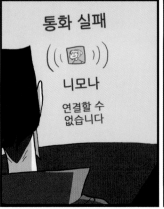

통화 실패

니모나

연결할 수
없습니다

위이
위잉

메러디스
블리츠마이어
마법 과학자 *

✦ 마녀 아님

블리츠마이어
연구소

안녕하세요!
누구세요?

안녕하세요, 박사님.
과학 박람회에서 봤었죠.
제게 명함을 줬고요.

아! 그레고르, 맞죠?
수염을 잘랐군요!

사실 제 이름은
알리스터 블랙하트
입니다.

그런가요?
멋지네요.

저를... 못
알아보는 건가요?

요새 뉴스에
많이 나왔는데.

아, 난 뉴스를 안 봐요!
시간 낭비죠.

* 입고 있는 모피를 벗으면 인간으로 변하는 바다표범 모습의 요괴.

그런 야수라면 감지하거나 추적하는 게 불가능할 거라는 생각이 드는군요.

스킨워커*나 도플갱어가 가진 힘이 하나라도 겹치는 건 드문 일이죠. 그것도 재생 과정에서 어떠한 접촉도 없이 가능하다면 더욱 그렇고요.

하지만... 흠.

그건 마치 글로레스가 죽인 야수를 연상시키지 않나요?

물론 글로레스의 전설은 알고 있죠?

당연히 알죠. 전 기사였으니까.

그런데 그녀는 용을 죽인 게 아니었나요?

...ㄴ 오역이에요. ...에 언급된 건 ...이 있는 야수'니 ...대한 뱀'이니 ...는 말뿐이죠.

지역 주민들의 설명에 따르면 그 야수는 자신의 형태나 크기를 바꾸는 능력이 있고, 다양한 사람과 동물의 모습으로 그들 속에 섞여 있다는 주장이었어요.

심지어 일부 사람들 사이에서는 그날 그 야수가 글로레스를 죽이고 그녀를 대신했다는 설도 있지요.

그 '일부 사람들'이라는 건... 게시판의 음모론자들을 말하는 건가요?

네, 물론 그렇죠.

...떤 동물로도 변할 수 있는 초능력을 지닌 요괴.

175

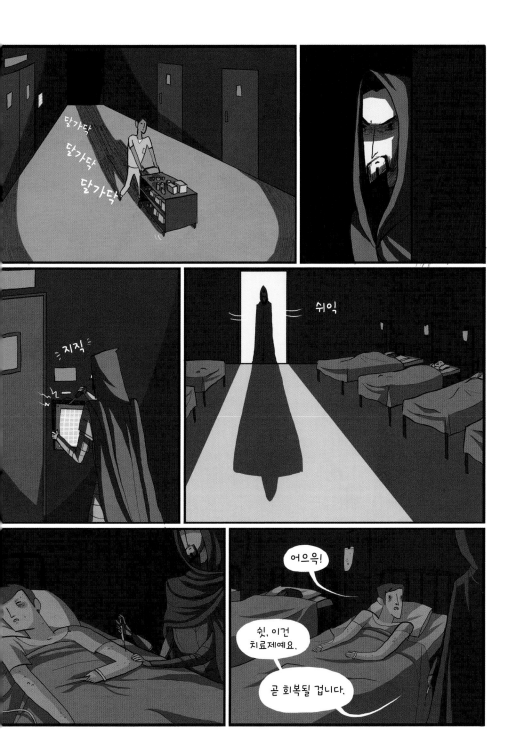

으윽...

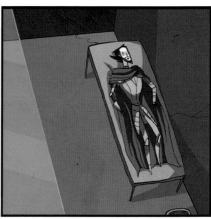

깼나?

너,

정말 날 감시할 사람을
찾지 못한 거야?

왜 네가
날 지키고 있지?
네 신분으로 할 일은
아닌 것 같은데...

아픈 곳을
찔렀나?

네 조수는 어디 있지, 발리스터?

또 시작이군.

가 버렸어. 이제 만족하나?

어디로 갔는데?

모르지. 떠나서 이제 돌아오지 않을 테니까.

그거 다행이군.

결국은 네가 원하던 대로 된 것 같군.

그 애가 떠났다니 기뻐. 너한테 더 잘된 거야.

그 애는 사납고, 잔인하고, 그 애는... 사악했어.

나도 그래.

그게 사실이 아니라는 건 우리 둘 다 알아.

우리가 어쩌다 이렇게 되었지?

우선, 네가 내 팔을 날려 버렸지.

정말 매번 그 이야기를 꺼내야만 하지?

그래.

난 단지...
그런 때가 있었지.
전에는.

모든 게 더 단순했어.
우린 함께였고.
그땐... 좋았어.

그 정도로
좋진 않았어.

넌 항상
뭐든 실제보다
더 나은 쪽으로
기억하는군.

그리고 넌 언제나
나쁘게만 기억하지.

아, 내가?

넌 나를 배신했어.
나를 쐈다고.

난... 난 너를 다치게
하고 싶지 않았어.
나는...

나는 그런 게...
그건...

또다시 그게 사고였다고
말할 생각은 하지 마.

사고가 아니었어.

마상 창 시합이 있기 전날 밤... 국장이 날 사무실로 불렀어.

국장은 내게 가능성이 있다고 했어. 그녀는 협회의 전사로 나를 선택했다고 했지.

하지만 국장은 마상 창 시합에서 너를 상대로 날 증명해야 한다고 했어. 아니면 기회는 날아갈 거라고.

나는 원했어, 그 무엇보다. 넌 나만큼 그 자리를 원한 적 없었지.

넌 훨씬 더 잘했어. 거의 노력하는 것 같지도 않은데.

그리고... 마상 창 시합이 있던 날...

이건 내 창이 아니야.

국장 말로는 그게 경의 창이라는데.

아니, 내 게 아니야.

무기화되어 있어. 국장은 무기화된 창으로 내가 어쩌길 바라는 거지?

경이 이기길 바라죠.

실제로 그걸 사용할 의도는 없었어.

난 말을 잘 탔어, 너도 기억하겠지만.

난 이길 수 있을 줄 알았어.

하지만 새 창은 너무 무거웠고... 난 균형을 잃었어.

기억도 나지 않지만... 내가 분명...

미안해, 발리스터. 정말 미안해.

발리스터…

위잉　　위잉　　위잉　　위잉

적색경보.
B3 구역으로 추가 인원 요청.
보안 확인 등급 7 필요.

위잉　　위잉　　위잉　　위잉　　위잉

무슨 일이지?

골든로인입니다. 통신국,
경보가 울린 원인이 뭐죠?
복귀할까요?

아니오, 상황은
통제하에 있습니다.
그 자리에
머무십시오.

하지만 무슨…

철컥

아무도 내게
말해 주지 않아.

이 갑옷은 형편없어. 정말 싫다니까.

우리에게 낡은 훈련 갑옷을 입게 하고 세탁하지도 않았던 거 기억나?

이건 그때 냄새가 나.

너와 말하고 싶지 않아, 암브로시우스.

냄새가 너무 지독해서 네가 투구에 토했던 게 기억나네.

난 그러지 않았어.

그랬어!

아니, 그건... 이름이 뭐였더라... 개러몬드.

개러몬드! 그 녀석을 잊고 있었어. 끔찍했는데.

그게 왜 나라고 생각한 거지?

맹세하는데 토한 사람은 네가 맞아.

우리가... 다시 돌아갈 수 있었으면 좋겠어. 모든 게 원래대로 돌아갔으면 좋겠어.

그럴 수 없어. 절대 전과 같을 수는 없을 거야.

이제까지 협력하는 길을 택했잖아. 그게 그냥 사라지진 않아.

서둘러요. 국장이 블랙하트를 데려오라고 했소.

186

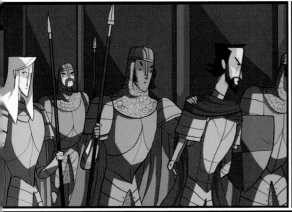

여기가
어디지?

몰라. 나도 여긴
처음 와 보는 거야.

계속 그렇게
적과 가까이할 건가?

무례하게 굴지
않았으면 좋겠는데?

내가 왜?
이제 내가 당신보다
지위가 높아.

승인 코드 0-4-9-6.
블랙하트를 데리고 있다.

삐빅

조용히 좀 하지?
지금 그럴 때가 아니야.

어서요.
갑시다.

텅 텅 텅 텅 텅

여긴 어디지?

저 소리는 뭐야...?

입 다물어.

어서 와요, 블랙하트 경.

왜 나를 여기에 데려온 거지? 이게 다 뭐야?

난 경이 감동할 줄 알았는데, 우리가 지난 몇 년 동안 꽤 많이 모아 놓았는데 말이야.

우리는 무기 개발에서 최첨단에 서 있지.

무기! 무슨 목적으로? 왕국은 전쟁 중이 아니야.

당신 같은 전술가라면 억제력이 갖는 가치를 확실히 인정할 수 있겠지.

위험한 나라는 강대국이야.

188

그럼 제이드루트는...
그건 그저 빙산의
일각이었어.

우리는
비밀스러운 물질들을
수없이 실험해 왔어.

그리고 이 모든 짓을 도시 경계 내에서
하고 있었고... 사람들 바로 발밑에서...
이해하지도 못하는 힘을 가지고 놀고 있지.
모두를 위험에 빠트리고 있는 거야.

이것들은 고대의 악이야.
허영에 찬 당신 프로젝트에 쓸
배터리가 아니야!

왜 내게 이걸
보여 주는 거지?
걱정되지 않는 건가...

당신이 우리 비밀을
폭로할까 봐? 딱히 걱정하지 않아.

금방 여길
나가게 되진
않을 테니까.

저건
뭐지...

텅 텅 텅
텅

안 돼.

그래 봤자 소용없을 텐데.

그 수조는 제이드루트를 담는 목적으로 만들었어. 인간에게 알려진 가장 파괴적인 물질 말이야.

자체 보수 합금으로 만들어졌지. 네가 무슨 짓을 하든 끄떡없을 거야.

또다시 시작이군.

따끔한 맛을 보여 주지, 어때?

아아아악!

안 돼, 멈춰!

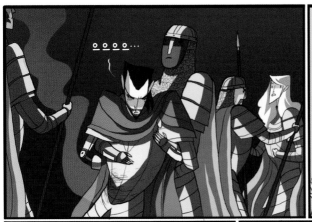

으으으으…

자, 알겠지?

넌 아무리 전기 충격을
쥐도 끝없이 받아 내겠지?
하지만 그도 가능한지는
모르겠군.

몇 번만 더 충격을 주면
그는 죽게 될 거야.
그러니 얌전히 구는 게 좋아.

니모나…
괜찮아…

이성적으로
굴기로 한 것 같아
다행이군.

께지직

195

다시 그에게 충격을 줘.

안 돼!

다시는 그를 건드리지 마!

근위대, 골든로인을 이 방에서 끌고 나가. 내가 나중에 처리하도록 하지.

반역자…

내 몸에서 손 떼!

으으음…

헤헤.

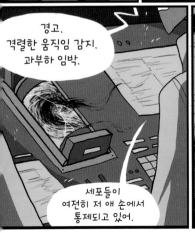

203

대체 뭘 하려는 거야?

넌 그 애 상대가 안 돼. 우리가 이런 상황을 만든 것도 아니고.

내가 어떻게 해야 하지? 우리가 막지 않으면 많은 사람이 그 애 손에 죽을 거야.

실험실로 돌아가야 해. 니모나가 아직 거기 있어!

아니, 니모나는 저 밖에 있어. 곧 왕국을 파괴할 거야!

그 애의 일부겠지. 나머지는 그 철장을 떠나지 않았어.

그 애를 빼내 오기만 하면 진정시킬 수 있을 거야.

발리스터, 그 앤 자네를 죽일 뻔했어. 새까맣게 태우려 했다고.

어떻게 이제 와서 그 애가 네 말을 들을 거라고 생각하지?

그 애는 완전히 안정적이었던 적이 없어. 지금은 매우 화가 난 상태라고.

오, 그 애가 화가 난 이유가 뭘까, 궁금하네?!

그 애는 제정신이 아니야. 용은 세포 몇 개에서 자란 거야. 그 용은 순전한 분노에서 태어난 생각 없는 야수야.

그 애의 나머지는 아직 저기 있어. 그 애를 봤어. 그쪽이라면 이야기를 나눌 수 있다고.

저기에 그 애 혼자 있는데... 내가 자기를 버렸다고 생각할 텐데...

진심이야? 그 안에서 일어난 일을 다 보고도, 여전히 그 애를 겁먹은 어린 소녀쯤으로 생각하는 거야?

시간이 흘러가고 있어. 벌써 시작됐다고.

발리스터, 무고한 사람들이 죽고 있어. 그 사람들은 우리 도움이 필요해. 불멸의 괴물 따위가 아니라.

앰브로시우스, 그녀가 너를 죽일 거야. 네가 이기는 시나리오 따위는 없어.

내 평생 좋은 일을 한 적이 없어. 그 애를 이길 수 없더라도 노력은 해 봐야지.

멈춰... 기다려.

어쩌면... 잠시 그 애가 가진 힘을 멈추게 하는 장치가 있을지도 몰라

사람들의 목숨보다 그 애 목숨을 우선시할 수 없어.

그 애는 살인자야, 발리스터. 언제나 그랬다고.

자네가 날 돕든 말든, 난 뭐든 해야만 해.

...아니, 난 그 애를 구할 수 있어.

모두를 구할 수 있어.

먼저 방법부터 찾아야겠어. 나보다 먼저 그 애 앞에 나서지 마. 그 애가 널 죽일 거야.

영웅이 되고 싶겠지. 도시에 있는 사람들을 안전한 곳으로 옮기는 일에 집중해.

그 화려한 갑옷은 아직 있어?

어딘가에 있을 거야.

가서 가져오는 게 좋겠어.

제 11 장

박사님, 그럴 시간이 없어요. 어서 여기서 나가야 해요. 안전하지 않아요.

차 한 잔 마실 시간은 늘 있어요!

이번에는

그럴 시간이

없는 것 같은데.

박사님 도움이 필요해요.

저 밖에... 생명체가 있어요. 제가 막지 않으면 그 생명체가 많은 사람을 죽일 거예요.

생명체라! 어떤 생명체죠?

우리가 지난번에 나눴던 대화의 내용을 기억하나요...?

글로레스의 전설에 관한 거요? 네, 물론이죠. 왜 그런...

오. 오. 오.

변신 능력자.

글로레스의 야수를 바로 가까이에서, 직접 실물로 볼 수 있다면야 바랄 게 없죠!

박사님, 그럴 수가 없… 너무 위험해요.

위험에 관한 거라면 내게 말하지 말아요, 젊은이. 위험이 뭔지는 나도 잘 아니까!

박사님!

어서요, 시간이 없어요!

혹시 내 야전 수첩 봤어요? 크기가 이만하고, 갈색 가죽에…

물지도 몰라요…

아니, 이해를 못 하는군요!

그냥 생명체가 아닙니다. 그 애는 내 친구예요.

내가 사랑하는 사람이 그 애를 죽이려고 해요. 그리고 그 애는 그를 죽일 테고요.

그리고… 그리고 그 둘이 서로를 죽이는 걸 막을 수 있는 사람은 나밖에 없는지도 몰라요.

아.

어떻게
도우면 되죠?

박사님의
변칙 에너지 증폭기.

그걸
빌려야겠어요.

내 필생의 업적을
빌려야 한다는 거군요.

네.

딱 하나 있는 거.

아주 중요해요.

그게 그 애의 능력을
저지할 거라고 믿을 만한
이유가 있어요.

그 애를 막을 수 있는
유일한 것인지도
몰라요.

좋아요.
하지만 망가뜨리면
안 돼요.

우리의 과학 시설 두 곳이 완전히 파괴되었습니다.

훈련 센터와 병사뿐만 아니라, 통신국들도 모조리 공격을 받았습니다.

국장, 그것이 국장을 찾고 있어요.

날 찾은 것 같군.

도시 밖으로 나가야 합니다.

나는 도망가지 않아.

그 끔찍한 야수라면 이제 지긋지긋해.

저것이 제이드루트의 맛을 좋아할지 한번 보자고.

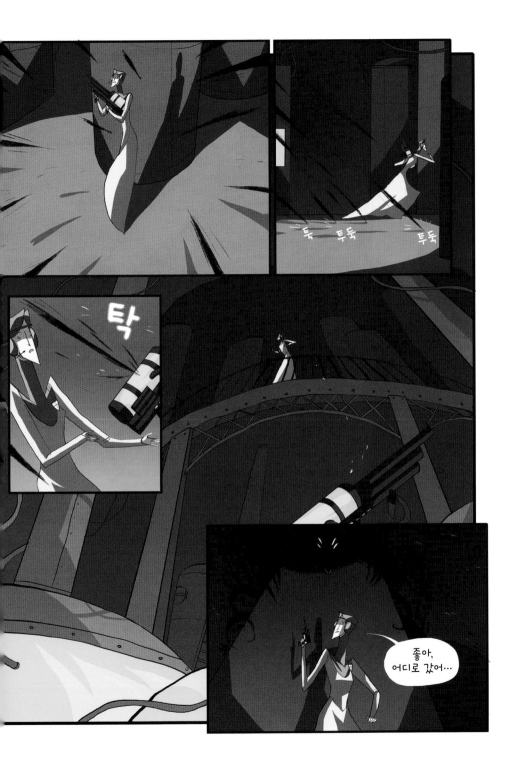

암브로시우스!

그거야?

그래. 네가 여기 있는 걸 그 애가 알기 전에 어디 가까운 곳에 숨겨 놔.

이게 정말 효과가 있는 게 확실해?

아... 아니.

여전히 실험실 돌아가 볼 생각이야?

가야만 해. 그 애를 저대로 둘 수 없어.

발리스터, 기다려.... 만약 내가 성공하지 못한다면, 네게 해 둘 말이 있는데...

지금 이러고 있을 시간 없어.

그냥... 그냥 절대 죽지 않겠다고 약속해 줘.

마을 절반이 그 일을 봤어요.

몇몇은 심지어 여자애가 불을 뿜는 것도 봤대요.

마을 사람들은 그 애가 뭔가에 홀렸다고 생각해요.

그 애 부모는 생각이 달라요.

그들 주장으로는 딸이 태어났을 때 아주 병약해서 오래 살지 못하리라 생각했다는군요.

유난히 심한 병을 앓고 난 뒤로, 빠르게 회복되고는 건강하고 튼튼한 여자애로 자랐답니다.

당시에는 그 일에 크게 신경 쓰지 않았대요.

하지만 지금은 이 애를 사기꾼이라고 말하고 있습니다.

자신들의 병약한 친자식이 죽고, 그 자리를 다른 뭔가가 차지하고 있다고요.

이것보다 더 튼튼하게 울타리를 둘러야 할 거야.

그게 굳이 필요할까요? 제 말은…

…그냥 아이인걸요.

엄마 아빠는 어디 있어요? 집에 가고 싶어요.

네 부모님이 널 여기로 데려왔잖니? 왜 그랬을 것 같니?

내… 내가 사람을 태웠어요…

그들을 죽였어요. 침입자들이요.

하지만 먼저 우릴 죽이려고 했어요. 난 모두를 구했어요.

어떻게 그렇게 한 거지?

몰라요.

넌 집으로 가지 못해. 몸이 좋아질 때까지는 돼. 좋아졌으면 좋겠니?

네, 그럼 엄마 아빠를 볼 수 있어요?

물론이지.

아침에 아이를 우리 시설로 옮길 거야. 그동안 아이가 화나거나 흥분하지 않도록 해.

나머지는 우리가 알아서 할 거야.

변신은
못 하니?

아니,
할 수 있어요.
하지만...
위험해요.

그렇게 나 자신을 나누면 안 돼요.
그건 나를... 불안정하게
만들어요.

강한 쪽은 그대로 있고
나머지는 산산조각
나죠.
그런 식이에요.

말도 안 돼. 그러니까
언제라도 그냥... 산산조각
날 수 있다는 말이니?

내가 왜 그런 일로
농담을 하겠어요?!

그럴 일은 없어.
넌 강한 쪽이잖아,
그렇지?

곧 너의 다른 자아로
널 돌려보내고
둘을 다시 합칠 거야.

그러면
되겠지?

네,
그래야죠.

그럼 가자.
꽉 잡아.

으르르르릉

힘... 힘이
빠지고 있군.
기사...

너도 그리
쌩쌩해 보이지는
않아.

평범한 우리처럼
하나의 몸에 꼼짝없이
잡혀 있는 느낌이
어때?

화르르륵

쾅

탕

으르 르르릉

지지직

지지지직

235

237

238

넌 괴물이 아니야.

당신은 나에 대해
아무것도 몰라!

이럴
필요 없어.

너를 해칠 수 있는
사람은 이제 없어!

아니.

하나 남았어.

니모나, 제발!

니모나!

경고.
제이드루트의 용융 임박.
정화 프로토콜 활성화 중.

니모나!

10분 뒤
정화가 시작됩니다.

구역을 벗어나
500피트 거리를
유지하시오.

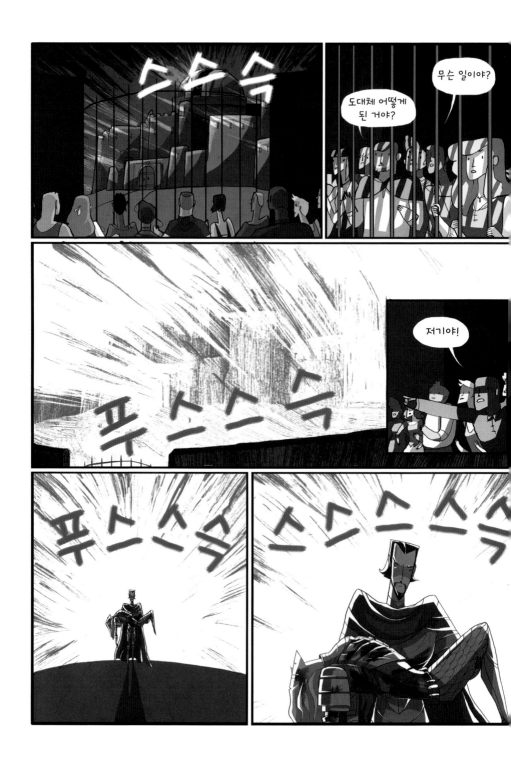

당장 병원으로 옮겨야 해요.

아악…

블랙하트 경, 무슨 일이죠?
야수는 죽었나요?
끝난 건가요?

그래요.

지난밤 국왕과 협회 국장의 목숨을 앗아간 불가사의한 야수의 난동을 겪은 후, 왕국은 충격에 빠져 있습니다.

수많은 사상자 명단에 포함된 것은 두 사람뿐만이 아닙니다.

암브로시우스 골든로인 경과 사람들의 전사로 돌아온 이전의 악당 발리스터 블랙하트는 오늘 아침 일찍 야수를 쓰러뜨리고 공포의 밤을 끝냈습니다.

두 사람은 공격 중에 입은 부상으로 현재 병원에 있습니다. 골든로인 경은 위독한 상태입니다.

야수가 어디서 왔는지는 알려지지 않았지만, 협회 본부에서 살아남은 직원의 증언에 따르면 그 야수는 탈출한 협회의 실험체로 보입니다.

이번 참사로 대량으로 비축된 제이드루트를 포함해, 협회의 불법적인 프로젝트 다수가 드러났습니다.

이미 협회의 영구 해체를 바라는 유명 인사들의 요구가 빗발치고 있습니다.

이번 비극에도 불구하고, 우리는 여전히 결속되어 있습니다.

우리는 굳건히 견뎌 낼 것이며, 재건할 것입니다.

블랙하트 경?
여기 있으면 안 돼요.
쉬어야 한다고요.

경, 그가 깨어날지도
알 수 없어요. 많은
외상을 입었으니까요.

누가 이 녀석
곁에 있어야 해요.
언제 깨어날지 모르니까.

우리가 면밀하게
지켜보고 있어요.
상태가 바뀌면
바로 알 수 있어요.

가서 주무세요. 경도
그 괴물 때문에 다쳤잖아요.
휴식이 필요해요.

그렇게
부르지 말아요.

네?

그 애는
괴물이 아니에요

그레고르!

박사님!

정말 비상 연락처에 내 이름을 적었어요?

저한테 친구가 많지 않아서요.

박사님, 박사님의 장치는... 망가졌어요. 죄송합니다.

괜찮아요. 하나 더 만들 거니까.

듣기로는 당신이 무슨 영웅이 되었다면서요!

아니, 제가 아니에요.

그때 당신이 해야 할 일을 한 거죠?

많은 사람의 목숨을 구했네요.

하지만 그 애는 구할 수 없었어요.

에필로그

물론...
여전히 궁금하다...

내게 아는 듯한
표정을 짓는
낯선 이를 볼 때마다...

바짝 다가와
나를 보는 고양이를
볼 때마다...

나는 오직 조금이라도
그 애에게 닿기를
바랄 뿐이다.

나는 오직
그 애가 돌아올 수 있기를
바랄 뿐이다.

그 애도 있는 그대로의
나를 알아주겠지.

친구라는 걸.

THANK

YOU!!!

제가 할 수 있다고 믿었던 그 일들을 정말로 해낼 수 있도록 언제나 저를 지지해 주고 이끌어 준 부모님과 가족들에게 감사의 말을 전합니다. 에이미, 우리가 이야기를 나누고 내가 울고 싶을 때 어깨를 빌릴 수 있도록 늘 곁에 있어 주어서 고마워. 테일러, 내가 그때그때 빠져들었던 그 어떤 이야기든 항상 기꺼이 들어 주어서 고마워. 찰리와 앤드류, 첫 그래픽노블 작가인 내게 보여 준 그 엄청난 믿음 덕분에 이 책이 세상에 나올 수 있었어요. 감사합니다. 더 좋은 이야기를 만들 수 있게 이끌어 준 언니에게도 고마워. 『니모나』의 홈페이지 제작을 도와주고 이메일 문제들을 잘 처리해 준 스티븐에게 감사합니다. 조안의 참을성 있는 지시 덕분에 저는 이 책의 첫 열 페이지를 그려 냈으며, 조안의 격려로 이야기의 끝까지 마무리 지을 수 있었습니다. Esme, Alfred, Sprouts, 2ft1st, redsky, soniadelvalle, Nexus427, Daniel Stubbs, Erin, Joel, FevversAB, Samantha, Rob, Eric, Bear, stickfigurefairytales, Arianod, Spoilersss, Laur, Idris, Ababa, Chris Bishop, ΤЯƆꓘΤНӨЯꝒꝒЯƐ 이 분들을 포함하여 'Tinfoil Brigade'에서 매주 생생하고 좋은 이야기들로 코멘트란을 채워 주셨던 분들께 진심으로 감사드립니다. 이 분들의 열정이 제게 아주 큰 힘이 되었어요. 그리고 몇 년 동안이나 다양한 방법으로 이 작품을 지지해 주셨던 모든 분들께도 감사의 인사를 전합니다. 이 분들이 없었다면 이 이야기는 지금처럼 세상에 존재하지 못했을 거예요. 정말 감사합니다. 마지막으로, 너를 아주 많이 사랑해.

다음의 짧은 만화는 2012년 12월과 2013년 12월에 크리스마스
특집으로 웹툰에 처음 연재된 것들입니다.

기다려,
또 어디를 가는 거니?

그냥 따라와요.
깜짝
놀랄 거예요.

짜잔!

내 양말을
벽난로에 매단 거니?

잠깐만, 언제부터
우리한테 벽난로가 있었지?

제가 벽에다
구멍을 내고
불을 넣었어요.

이건... 모르겠다...
좀 과하지 않니?

나는 악당이야.
즐거운 일은 하지 않아.

헛소리하지
말아요!

'서러운 고아' 같은 이야기를
들먹거리기는 싫지만, 누구랑
함께 크리스마스를 기념하는 건
정말 오래간만이라고요.

그러니까 그냥
받아들이고 즐겨요.

258

선물을 준비했어요.

스카프!

제가 만들었어요!

양으로 변신한 다음
직접 양털을 뽑아서 짠 거예요.

잠깐만, 뭐?

발굽으로 짜는 게 어렵긴 한데
딱 감을 잡았죠.

메리 크리스마스!
니모나와 발리스터로부터

크리스마스

협회에서

크리스마스 특집 2013

발리스터!

뭐야?

그 덩치 큰
멍청이들이
내 양말을
가져갔어

뭘 가져가?

내 양말.
내 크리스마스
양말.

양말이 없으면 산타클로스가
어떻게 선물을 갖다주겠어?

알았어, 진정해.
다시 찾을 거야.

아빠한테 전화할 거야.
아빠가 걔들을
잡아넣을 거야.

넌 아빠가 없잖아.

아니, 있어.
아빠는 부자고
멀리 있는 성에 살아.

네가 지어낸 얘기인 거
모두 다 알아.

그래서 애들이
널 때리는 거야.

이봐!
얘한테
양말 돌려줘.

양말? 내 멋있는 양말?

헉!

260

이 악당!

어쩔 건데, 암-브-로-시-우스?

그건 모욕적인 별명도 아니잖아. 그건... 그냥 얘 이름이야.

다른 건 생각나지도 않더라고. 그 이름도 충분히 바보 같으니까.

가만 안 둘 거야!

아, 몰라. 네 빌어먹을 양말이나 가져가.

산타클로스가 우리 같은 고아들한테 선물을 안 준다는 건 상식이야.

그건 네가 못되게 굴어서 그런 거겠지!

그만, 암브로시우스.

있지, 너무 큰 기대는 하지 않는 게 좋아. 혹시 안 올 수도 있으니까...

올 거야!

내 말은... 아직 온 적은 없지만... 올해는 올지도 몰라.

나랑 같이 산타클로스 기다리자!

내 방에 가 봐야 해, 암브로시우스. 그건 그렇고, 네가 빨리 잠들어야 산타클로스도 빨리 올 거야.

쿨 쿨 쿨

크리스마스!

산타클로스가 왔어!
왔다고!

발리스터!

발리스터,
이것 봐!

으-응

지금 몇 시지...?

산타클로스가 왔어.
발리스터. 이것 봐. 보라고.

조용히 좀 할래?

쉿

입 다물어.

네 자리
돌아가!

와!

산타클로스가
너한텐 뭐 안 줬어?

응, 내가
못되게 굴었나 봐.

아... 그럼
내 걸 나눠 가지면
되지.

이것 봐! 이 기사는
네 거랑 똑같다.

가서 가져와.
같이 놀게!

있지, 내 건
잃어버린 것 같은데...

262

니모나의 발달 과정

최초의 니모나 스케치!

아이코

암브로시우스 골든로인   발리스터 블랙하트

266